© Nathan / VUEF 2002
Conforme à la loi n° 49.956 du 16 juillet 1949 sur les publications destinées à la jeunesse.
ISBN : 2-09-202283-0. N° d'éditeur : 10117587
Dépôt légal : septembre 2004. Imprimé en Italie par Grafica Editoriale printing.

L'imagier de T'choupi

Un personnage de Thierry Courtin

Les vacances de T'choupi

T'choupi, sa famille et ses amis

Fanni

Doudou

Toine, le papa
de T'choupi

T'choupi

Malola, la maman
de T'choupi

Pilou

Lalou

Mamie Nani,
la grand-mère
de T'choupi

Papicha,
le grand-père
de T'choupi

Et toi, comment s'appellent tes meilleurs amis ?

La journée de T'choupi

Dans la chambre de T'choupi

C'est le matin. T'choupi ouvre les yeux.

- Bonjour,
Doudou !

le lit

l'oreiller

le réveil

la lampe

La commode

l'armoire

Mais où est passé Doudou ?

Dans la cuisine

T'choupi prend son petit-déjeuner.

– Maman tu peux me redonner des céréales au chocolat ?
J'adore ça !

l'assiette

le verre

la serviette

la fourchette

la cuillère

le bol

La serviette de T'choupi est-elle à pois, à carreaux ou à rayures ?

Les objets de la cuisine

le grille-pain

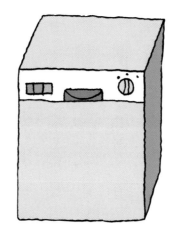

le lave-vaisselle

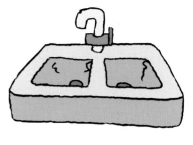

l'évier

la bouilloire

La cuisinière

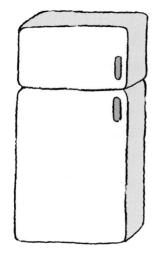

le réfrigérateur

le four
à micro-ondes

le lave-linge

la poubelle

la casserole

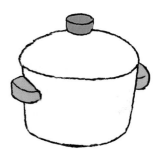

la cocotte-minute

Dans quoi conserve-t-on les aliments ?

Dans la chambre de Fanni

T'choupi va dire bonjour à sa petite sœur.

- Coucou, Fanni !

le mobile

le lit à barreaux

la boîte à musique

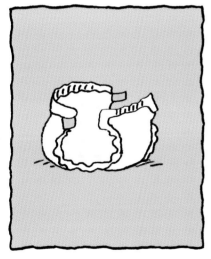

la couche

la tétine

la robe

Dans la chambre de Fanni, il y a un crocodile ! Peux-tu le retrouver ?

Les vêtements de T'choupi

les chaussons

le pyjama

les chaussettes

les chaussures

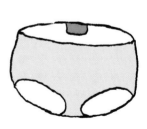

le slip

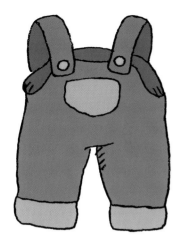

la salopette

le pull

le tee-shirt

le pantalon

la chemise

le polo

Quel est le vêtement que met T'choupi pour dormir ?

Quel temps fait-il ?

T'choupi regarde dehors. Quel temps fait-il aujourd'hui?

Il fait beau !

Il neige !

Il pleut !

Il y a du vent !

l'imperméable

les bottes

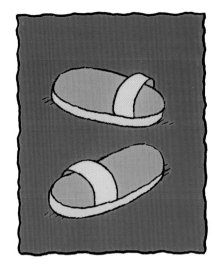

les sandales

le bonnet

l'anorak

la casquette

Montre ce que T'choupi doit mettre dans chaque situation.

23

le chemin de l'école

...emmène T'choupi à l'école.

– C'est dommage
que Doudou ne puisse
pas venir avec moi !

le sac à dos

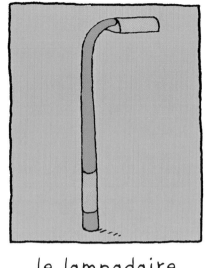

le lampadaire

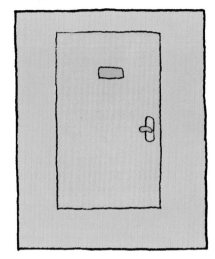

la porte

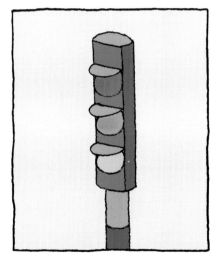

le feu
de signalisation

les clés

la fenêtre

Combien comptes-tu de fenêtres dans l'image ?

Les transports

le bus

le vélo

la voiture

l'ambulance

le camion

le camion
de pompiers

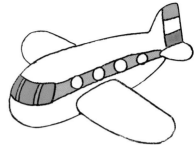

l'avion

le bateau

le bulldozer

le train

Qu'est-ce qui se déplace sur la terre, dans la mer et dans le ciel ?

À l'école

C'est difficile de faire de beaux dessins sans se tacher !

la boîte
de peinture

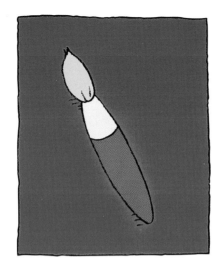

le pinceau

la blouse

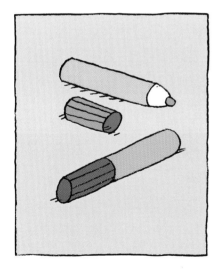

les feutres

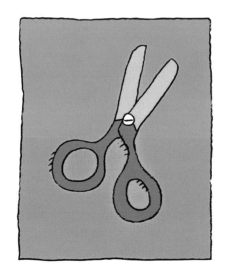

les ciseaux

La pâte à modeler

Qui a dessiné le bateau bleu ? Le soleil jaune ? Le bonhomme rouge ?

À la cantine

les pâtes

la pizza

les frites

le poulet

le poisson

le riz

l'eau

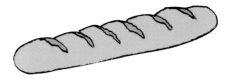

le pain

le yaourt

l'œuf

le lait

Et toi, quel est ton plat préféré ?

Au square

Après l'école, T'choupi, Lalou et Pilou vont au square.

— Pousse-toi Lalou, j'arrive !

le toboggan

le ballon

le tricycle

les patins
à roulettes

le banc

la balançoire

Qui se déplace en patins à roulettes ?

Marcher, courir, sauter...

dormir

sauter

courir

marcher

danser

porter

embrasser

boire

manger

lire

Que fait T'choupi ?

Au supermarché

T'choupi fait les courses avec papa.

– Dis, papa, je peux
aussi prendre ça ?

le chariot

la caisse

le porte-monnaie

le panier

les pièces
de monnaie

la boîte
de conserve

Combien y a-t-il de boîtes marron sur l'étagère?

Les fruits et les légumes

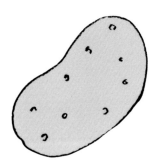

la pomme
de terre

le haricot

la carotte

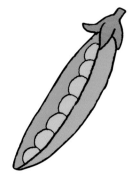

les petits pois

la tomate

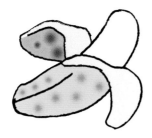

la banane

la fraise

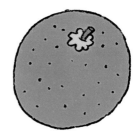

l'orange

la pomme

la poire

les cerises

la pêche

l'abricot

le citron

Avec quel légume fait-on les frites et la purée ?

Dans la salle de bains

T'choupi adore prendre son bain.

– Qui veut se baigner avec moi ?

la baignoire

le lavabo

le robinet

le pot

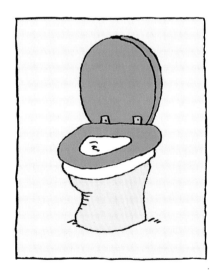

les toilettes

le miroir

Avec quoi T'choupi joue-t-il dans son bain ?

Les objets de la salle de bains

le gant de toilette

le savon

le shampooing

la brosse
à dents

le dentifrice

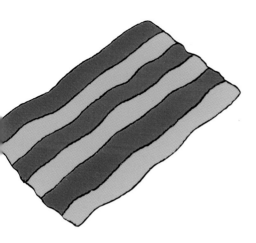

la serviette

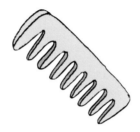

le peigne

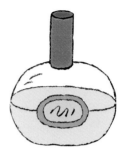

le parfum

la brosse
à cheveux

le thermomètre

le tabouret

Quelle brosse sert à se laver les dents ?

Dans le salon

C'est la fin de la journée. T'choupi est un peu fatigué.

- Je vais me reposer sur le canapé !

le fauteuil

le tapis

le canapé

le coussin

le téléphone

la télévision

Combien y a-t-il de coussins sur la grande image ?

45

Le repas de Fanni

Ce soir, c'est T'choupi qui donne à manger à Fanni.

– Et une cuillerée pour maman !
Et une cuillerée pour Doudou !

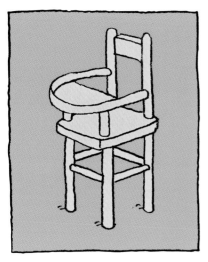

la chaise haute

le petit pot

la timbale

le bavoir

le biberon

le chauffe-biberon

De quelle couleur est le bavoir de Fanni ?

Au lit, T'choupi !

Avant de se coucher, T'choupi dit bonne nuit à ses jouets.

la peluche

le livre

le doudou

la petite voiture

le petit train

les cubes

Qu'y a-t-il sous la commode de T'choupi ? Qu'y a-t-il sur la commode ?

La peur, la colère, la joie...

T'choupi est surpris.

T'choupi est content.

T'choupi est triste.

T'choupi est en colère.

T'choupi a peur.

T'choupi aime sa maman.

Et toi, que fais-tu quand tu es en colère ? Que fais-tu quand tu es content ? 51

Les vacances de T'choupi

Dans le jardin

T'choupi jardine avec son grand-père.

la brouette

le râteau

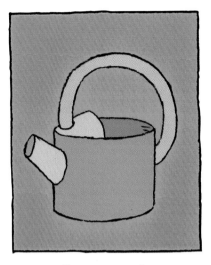

l'arrosoir

la fleur

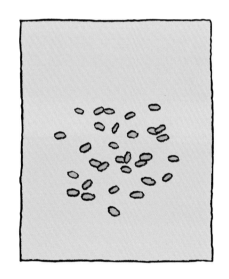

les graines

la tondeuse

De quelle couleur sont les fleurs du jardin de Papicha ?

À la ferme

T'choupi adore nourrir les animaux de la ferme.

– Mamie, est-ce que je peux caresser les petits lapins ?

le canard

la poule

le lapin

la vache

le cochon

le cheval

Peux-tu imiter les cris des animaux de la ferme ?

Au parc animalier

T'choupi et Pilou vont au zoo.

- Eh, Doudou, tu as vu tes cousins les ours ?

le tigre

le crocodile

l'éléphant

le zèbre

l'ours

la girafe

Retrouve l'animal qui est seul sur la grande image.

En pique-nique

T'choupi aime bien pique-niquer dans la forêt.

- Moi, ch'adore les chandwiches !

le papillon

la fourmi

le champignon

la coccinelle

l'abeille

l'herbe

Combien y a-t-il de champignons sur la grande image ?

À la plage

C'est l'été. T'choupi va à la plage avec Lalou.

- Regarde, Lalou, je nage aussi bien que toi !

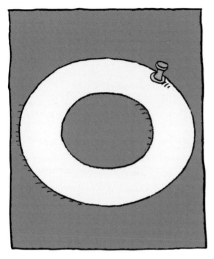

la bouée

la pelle

le seau

le parasol

le maillot de bain

l'épuisette

Qui a une bouée ? Qui porte des brassards ?

À la montagne

C'est l'hiver. T'choupi est parti à la neige avec Pilou.

- On fait la course, Pilou ?

les après-skis

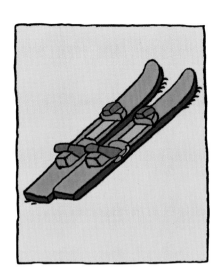

les skis

le sapin

le bonhomme
de neige

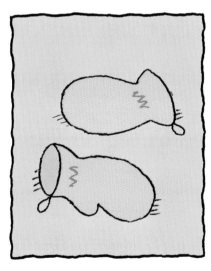

les moufles

la luge

De quelle couleur est le pull de T'choupi ? Le pull de Pilou ?
Et l'écharpe du bonhomme de neige ?

L'anniversaire de T'choupi

Joyeux anniversaire T'choupi !

– J'aime bien les cadeaux !
Merci les amis !

le gâteau

la bougie

les bonbons

le jus de fruit

le cadeau

l'appareil-photo

Compte les bougies pour savoir quel âge a T'choupi.

Index

A

Abeille, 61
Abricot, 39
Ambulance, 26
Amis de T'choupi, 8-9
Amour, 51
Anniversaire, 66
Anorak, 23
Appareil-photo, 67
Après-skis, 65
Armoire, 11
Arrosoir, 55
Assiette, 15
Avion, 27

B

Baignoire, 41
Balançoire, 33
Ballon, 33
Banane, 39
Banc, 33
Bateau, 27
Bavoir, 47
Biberon, 47
Blouse, 29
Boire, 35
Boîte à musique, 19
Boîte de conserve, 37
Boîte de peinture, 29
Bol, 15
Bonbons, 67
Bonhomme de neige, 65
Bonnet, 23

Bottes, 23
Bouée, 63
Bougies, 67
Bouilloire, 16
Brosse à cheveux, 43
Brosse à dents, 42
Brouette, 55
Bulldozer, 27
Bus, 26

C

Cadeaux, 67
Caisse, 37
Camion, 26
Camion de pompiers, 27
Canapé, 45
Canard, 57
Cantine, 30-31
Carotte, 38
Casquette, 23
Casserole, 17
Cerises, 39
Chaise haute, 47
Chambre de Fanni, 18
Chambre de T'choupi, 12, 48
Champignon, 61
Chariot, 37
Chauffe-biberon, 47
Chaussettes, 20
Chaussons, 20
Chaussures, 20
Chemise, 21
Cheval, 57
Ciseaux, 29
Citron, 39
Clés, 25

Coccinelle, 61
Cochon, 57
Cocotte-minute, 17
Colère, 51
Commode, 13
Couche, 19
Courir, 34
Coussin, 45
Crocodile, 59
Cubes, 49
Cuillère, 15
Cuisine, 14, 46
Cuisine (objets de la), 16-17
Cuisinière, 16

D

Danser, 34
Dentifrice, 42
Dormir, 34
Doudou, 8, 49

E

Eau, 31
École, 28
Éléphant, 59
Embrasser, 35
Épuisette, 63
Évier, 16

F

Famille de T'choupi, 8-9
Fanni, 8
Fauteuil, 45
Fenêtre, 25

Ferme, 56
Feu de signalisation, 25
Feutres, 29
Fleur, 55
Forêt, 60
Four à micro-ondes, 17
Fourchette, 15
Fourmi, 61
Fraise, 39
Frites, 30
Fruits, 38-39

G

Gant de toilette, 42
Gâteau d'anniversaire, 67
Girafe, 59
Graines, 55
Grand-mère, 9
Grand-père, 9
Grille-pain, 16

H

Haricot, 38
Herbe, 61

I

Imperméable, 23

J

Jardin, 54
Joie, 50
Jus de fruit, 67